GASTON MENIER

LE PERROQUET

Comédie en 3 Actes

PARIS
LIBRAIRIE THÉATRALE
3, RUE DE MARIVAUX, 3

LE PERROQUET

COMÉDIE EN TROIS ACTES

REPRÉSENTÉE SUR PLUSIEURS SCÈNES PRIVÉES

GASTON MENIER

Le Perroquet

Comédie en 3 Actes

PARIS
LIBRAIRIE THÉATRALE
3, Rue de Marivaux, 3

1930

PERSONNAGES

Henri CORDIER

Paulette CORDIER

Charles GAUTIER

Marthe LIRES

VALENTINE

Master JOHNSON américain

Mistress PARKER américaine

Mistress ROBERTS américaine

Le GUIDE

ROSE femme de chambre

Le GÉRANT du Perroquet

Le CHASSEUR du Perroquet

La scène se passe à Paris
de nos jours

LE PERROQUET

ACTE PREMIER

La scène représente l'intérieur d'un salon élégant. A gauche, une porte donnant sur une grande chambre. Porte au fond donnant sur une antichambre.

PAULETTE *entre avec une gerbe de roses dans les bras, elle appelle.*

Rose, Rose?
(*Rose entre.*)

PAULETTE

Tiens, ma bonne Rose, donne-moi vite un vase pour mettre ces fleurs avant que Monsieur entre.

ROSE

Ah, les belles roses! Madame veut-elle les arranger elle-même comme elle faisait autrefois.

PAULETTE

Oui, c'est vrai Rose, tu te souviens, j'ai toujours aimé à les placer à ma manière.

(*Rose défait le papier et regarde.*)

ROSE

C'est un cadeau que Madame vient de recevoir. (*Avec surprise.*) Ah! il n'y a pas de carte.

PAULETTE

Il n'y en a pas besoin, ce sont des fleurs que j'ai achetées pour donner à Monsieur.

ROSE

Pour Monsieur Henri, c'est donc sa fête.

PAULETTE

Non, mais simplement pour lui faire une petite surprise. C'est bien mon tour maintenant, il m'en a tant envoyé pendant qu'il me faisait sa cour.

ROSE

Ah, c'est vrai, Madame, il en arrivait tout le temps.

PAULETTE

Oui, il ne cessait de me répéter que j'étais sa petite Madone fleurie!

ROSE

Ah, comme il aime Madame, Monsieur Henri. Je suis si contente de voir Madame heureuse, moi qui suis depuis si longtemps attachée à Madame. Il est si bien Monsieur.

PAULETTE

Eh bien oui, tu as raison ma bonne Rose, je suis bien heureuse. (*On sonne.*) Ah, ce doit être Henri. Va vite ouvrir Rose.

(*Henri entre et prend Paulette dans ses bras et l'embrasse. Rose sort.*)

HENRI

Bonjour ma petite femme.

PAULETTE

Bonjour trésor, je t'attendais.

HENRI

Je suis retard?

PAULETTE

Non, mais quant tu n'es pas là, je trouve toujours que tu es en retard. (*Elle l'embrasse.*) Tu m'aimes?

HENRI

Si je t'aime! Oui, depuis toujours.

PAULETTE

Oh, depuis toujours! Voyons, il y a trois mois, il me semble que nous nous ignorions l'un et l'autre.

HENRI

Oui, mais la destinée veillait sur nous pour nous réunir.

PAULETTE

Drôle de destinée; elle a commencé par supprimer la petite Paulette Vallard!

HENRI

Comment supprimée?

PAULETTE

Oui, il n'y a plus trace de Paulette Vallard; finie, disparue depuis six semaines Paulette Vallard, elle n'existe plus..., elle n'a plus d'état civil et la justice ne s'en est pas émue!

HENRI

Elle n'avait pas à s'en émouvoir puisqu'elle sait que Paulette Vallard est devenue Madame Henri Cordier, ma chère Paulette.

PAULETTE

Oh, comme la vie est drôle au fond! Je rencontre un Monsieur qui me plaît et à qui je plais et quelques semaines après je me réveille dans son lit! A quoi tiennent les choses!

HENRI

Et tu le regrettes, ma petite Paulette?

PAULETTE

Oh non, mon Henri. (*Elle l'embrasse*).

HENRI

C'est le miracle de l'existence et comme disent les orientaux, c'était certainement écrit là-haut!

PAULETTE

Enfin, te voilà! As-tu bien travaillé, es-tu content?

HENRI

Oui, mais depuis notre retour du voyage de noces, j'ai une besogne terrible.

PAULETTE

Je ne puis pas t'aider?

HENRI, *riant*.

Non, et puis cela ne t'amuserait pas.

PAULETTE

Quoi! Je suis très sérieuse.

HENRI

C'est pour cela que je ne veux pas que tu t'occupes de choses sérieuses. Je veux que tu conserves tes bons sourires, ta gaîté, c'est bien suffisant que je sois seul à me disputer avec l'existence sans que tu en sois le moins du monde effarouchée. Chante sur ta branche, mon petit rossignol; rien pour moi ne me délasse mieux de mes préoccupations.

PAULETTE

Vrai! (*un peu curieuse.*) Alors, dis-moi avant d'avoir mis en cage le petit rossignol comment passais-tu toutes tes soirées?

HENRI

Oh, rien; je travaillais sans relâche.

PAULETTE

Pauvre chéri! Comment tout seul!

HENRI

Souvent oui, mais j'avais des amis qui venaient me voir de temps à autre; on causait, on fumait, on faisait quelques petites parties de cartes, on allait quelquefois au cercle pour y retrouver des camarades.

PAULETTE

Et c'étaient toutes tes distractions.

HENRI

Oh, mon Dieu oui; d'ailleurs, tu connais déjà quelques-uns de mes amis: Gautier, Miribard, Goleo. Ils te diront qu'on allait de l'un chez l'autre, quelquefois au théâtre, ou à une soirée dans le monde.

PAULETTE

Tu aimais le monde.

HENRI

Oh! pas du tout.

PAULETTE

Alors, jamais à des dancings, à des soupers, des petits théâtres.

HENRI

Non, je trouvais cela très triste.

PAULETTE

Alors, c'est moi qui vais te montrer tout cela.

HENRI

Comment toi?

PAULETTE

Bien entendu, puisque me voilà mariée, il faudra bien que je connaisse tous ces plaisirs jusqu'ici défendus.

HENRI

Quelle drôle d'idée.

PAULETTE

Pourquoi drôle. Depuis que j'étais une « grande » à la pension, je n'ai pas cessé d'entendre parler de tout cela. Ma grande amie Julia nous racontait, de temps en temps, un tas de choses drôles parce que son frère la renseignait un peu.

HENRI

Comment, son frère lui parlait de tout cela?

PAULETTE

Oui, son frère Jean. il est bien gentil, il lui avait appris la chanson de Maurice Chevalier si amusante:

Et voilà comment on plante les choux
A la mode de cheux nous !

HENRI

Voyons! Tu connais Maurice Chevalier?

PAULETTE

Mais oui! par son portrait! On le voit avec son chapeau de paille sur tous les murs, mais ce n'est pas tout; imagine-toi qu'il lui avait montré la fameuse danse nouvelle « le charleston »!

HENRI

Comment, vous dansiez le charleston?

PAULETTE

Oh! pas très bien; on essayait n'importe où, en allant en classe, en montant se coucher, aux récréations, on s'exerçait à faire le pas.

HENRI

Et l'on ne vous disait rien?

PAULETTE

C'était si drôle! cela vous prenait malgré soi. La Directrice n'y comprenait rien, elle criait que nous avions la danse de Saint-Guy!

HENRI

Ton amie Julia aurait dû garder pour elle ce que lui apprenait son frère.

PAULETTE

Au contraire, c'est nous qui la poussions à nous renseigner.

HENRI

Il allait bien son frère!

PAULETTE

Oui, il lui disait qu'il connaissait tous les bouis-bouis; ah! il avait un mot très drôle; il disait les boîtes de Montmartre. Qu'est-ce que cela peut bien être les boites. Tu ne connais pas ça? Voyons, ce n'est possible.

HENRI

Mais si c'est possible; que veux-tu. mon travail. mes occupations.

PAULETTE

Mais enfin avec ton travail, tes occupations, tu prenais bien quelques distractions; tu as un genre grave, sérieux qui a fait une grande impression sur moi, je puis te le dire maintenant.

HENRI

Eh bien alors, pourquoi voudrais-tu que je change ce genre qui t'a plu?

PAULETTE

Je ne veux pas que tu changes, mais que tu l'agrémentes de quelques distractions qui permettront à ma curiosité piquée de promener son amusement autour de ce monde que je ne connais pas. Cela t'ennuierait?

HENRI, *geste de dénégation.*

Si je te disais que cela ne m'amuserait pas?

PAULETTE

Tu peux bien faire cela pour moi, puisque tu m'as dit que tu ne connaissais pas tout cela.

HENRI, *un peu embarrassé.*

Voyons, quelle drôle d'idée! Et si je refusais.

PAULETTE

Non, non, non, moi j'y tiens.

HENRI

Mais c'est fou!

PAULETTE

Ah, mais non, cela sera très amusant. C'est moi qui vais te donner l'occasion de voir tout cela.

HENRI

Voyons, ma petite Paulette, tu plaisantes.

PAULETTE

Non, pas du tout, puisque tu ne connais pas tous ces endroits, tu n'es pas à la page. Tu m'y conduiras et cela te les fera connaître.

HENRI

Il faudrait savoir d'abord où ils sont ces endroits.

PAULETTE

Bah! On te renseignera. Il y a, paraît-il, des gens qui font profession de les montrer aux étrangers.

HENRI

Alors, tu voudrais faire comme tous ces étrangers qui envahissent Paris. Laisse-moi te dire que ce n'est pas très parisien alors.

PAULETTE

Bien, j'organiserai cela avec tes amis, je suis

sûre qu'ils ne refuseront pas de faire ton instruction et la mienne.

HENRI

Mais non, ils ne voudront pas; ils n'oseront pas.

PAULETTE

Tu verras cela, si c'est moi qui leur demande. (*On sonne. Le domestique remet une carte à Henri.*)

HENRI

Dites que nous ne sommes pas là.

PAULETTE. *lit par dessus son épaule.*

Tiens Charles Gautier. Mais c'est ton meilleur ami. Oui reçois-le donc!

HENRI

C'est bien. (*Au domestique.*) Faites-le entrer.

GAUTHIER *entre. A Henri.*

C'est peut-être bien indiscret de ma part d'arriver ainsi. Je passais m'informer de la date de votre retour et je voulais simplement savoir quand je pourrais me présenter chez vous et j'apprends que vous êtes là!

HENRI

Entre donc, mon cher ami, je suis ravi de te revoir. Nous sommes rentrés hier. Ma chère Paulette, laisse-moi te présenter mon ami Charles Gautier dont je t'ai déjà souvent parlé.

PAULETTE

Ah! Monsieur Gautier que tu m'as présenté le jour de notre mariage.

GAUTIER

Madame, permettez-moi de vous apporter mes bien sincères hommages et de vous dire combien je suis ravi de vous approcher. J'espère que je ne suis pas importun en venant ainsi surprendre et peut-être troubler le délicieux tête à tête de deux gentils tourtereaux.

HENRI, *vivement*.

Mais non, mais non, cher ami, sois le bienvenu ici.

PAULETTE

Nous parlions des amis d'Henri que je serais heureuse de connaître; j'allais prononcer votre nom que je connais déjà.

GAUTIER

Comme c'est aimable de votre part et laissez-moi vous dire, Madame, combien je suis flatté de cette pensée. Permettez à un admirateur, encore bien inconnu de vous, de vous dire combien je suis heureux de vous voir. Puis-je vous être utile? Disposez de moi pour n'importe quoi.

HENRI

Mais non, cher ami, ne va pas si vite; nous venons de rentrer à Paris et nous sommes heureux de te retrouver; nous parlions de nos amis afin de leur apprendre notre retour.

GAUTIER

Voilà certes une bonne idée. (*A Paulette.*) Ah, Madame, permettez-moi de vous dire combien nous sommes anxieux de vous revoir, comme tous les amis d'Henri du reste; Henri, notre vieux camarade, un soir nous avait dit ténébreusement: mes amis je vais me marier, j'ai trouvé une jeune fille délicieuse, jolie comme les anges, elle a bien voulu de moi, je suis le plus heureux des hommes, mais à partir d'aujourd'hui, je vous abandonne. Comment tu nous lâches ainsi? Pour le moment oui, je ne m'appartiens plus; mais plus tard? Plus tard. oui je vous reverrai, je vous présenterai à ma femme et si vous lui plaisez, comme j'en suis certain, nous nous reverrons avec joie. Et depuis ce fameux soir, il en fut ainsi; de loin nous vous apercevions, nous vous suivions dans cette auréole de charme et de beauté qui vous enveloppait et lorsque le jour de votre mariage, à la sacristie, au milieu d'une foule qui vous entourait, nous vous fûmes présentés, nous comprîmes l'enthousiasme d'Henri? Puis. lorsque vous disparûtes dans un flot de dentelles blanches, de fleurs, d'encens et sous le frémissement des orgues, nous n'eûmes plus dans notre sidération que l'espoir d'attendre votre retour prochain. Puis-je donc aujourd'hui vous exprimer la joie de vous rencontrer enfin et de baiser le bout de vos jolis doigts.

PAULETTE

Vous êtes charmant, cher Monsieur, et ce souvenir d'un jour heureux me touche infiniment. Henri m'avait bien parlé de vous, mais je ne me doutais pas de l'impression que je vous avais causée.

HENRI

Tu vois, Gautier, que si je t'avais laissé de côté pour le présent, je ne t'avais pas complètement oublié pour l'avenir.

GAUTIER

Oui, cher ami, tu es un heureux homme et ton vieil ami n'a plus de rancune envers toi.

PAULETTE

Alors vous êtes un de ses anciens camarades.

GAUTIER

Oui, peut-être le plus ancien.

HENRI

Nous nous sommes toujours suivis dans la vie.

PAULETTE

Comme c'est bon de toujours échanger son amitié. Henri m'a dit quel bon conseil vous aviez été pour ses travaux.

GAUTIER

Ah, mon Dieu, oui, on travaillait bien, on s'amusait aussi après le travail.

HENRI, *vivement, à Gautier.*

Hein, Gautier, tu te rappelles combien j'avais à travailler mes rapports, mes notes.

PAULETTE

Oui, mon cher Henri m'a raconté tout cela; mais vous, Monsieur Gautier, vous étiez aussi occupé que lui?

GAUTIER

Heu, heu! oui cela dépendait des jours.

PAULETTE

Et les autres jours vous vous amusiez à quoi.

HENRI, *vivement.*

Mais non, mais non, il était comme moi très sérieux, très occupé.

PAULETTE

Voyons, Monsieur Gautier, faites-moi des confidences; je ne puis en demander à Henri, qui m'a dit combien son travail l'absorbait et mon cher petit mari prenait peu de distractions, mais vous me paraissez mieux instruit que lui pour me donner quelques renseignements.

HENRI

Allons bon, Paulette, que vas-tu imaginer de lui demander.

PAULETTE

Voyons, Henri, laisse-moi lui poser quelques questions puisque tu n'as pas pu me répondre.

HENRI, *à part.*

Que va-t-elle lui demander. (*Il fait un signe à Gautier.*)

GAUTIER, *galant, à Paulette.*

Madame, je suis à vos ordres, interrogez-moi, je suis un vieux parisien assez bien averti; mettez toute mon expérience à contribution.

PAULETTE

A la bonne heure. (*A Henri.*) Tu vois, je vais m'éclairer un peu, je vais tirer quelques plans pour parler comme le frère de Julia et après nous dresserons un petit programme, nous te le soumettrons; que veux-tu, il faut être de son temps. Tu es resté toujours enfermé, m'as-tu répété, laisse-moi faire, je vais te mettre à la page et à la bonne. Vous allez m'aider, n'est-ce pas Monsieur Gautier. (*Elle se tourne vers Henri.*) Hein! tu veux bien mon petit Henri?

GAUTIER, *à part.*

Aïe! J'ai mis le pied dans une fourmilière. Je comprends les signes d'Henri. Comment Henri va-t-il se tirer de là, ce vieux fêtard dont la conversion est bien récente! (*A Paulette.*) Madame, ce que vous me demandez est assez délicat, je vais y réfléchir et je vous dirai ce que nous pourrions faire. Voulez-vous aller au théâtre, au Français, à l'Odéon.

PAULETTE

Oui, certes, mais nous avons le temps pour cela, ce n'est pas ce que j'ai dans l'idée; je veux aller voir des endroits où, paraît-il, on s'amuse.

GAUTIER

Oh, Madame, ne croyez pas à tout ce que l'on raconte, les théâtres oui, c'est bien, il y a de jolies pièces amusantes, sentimentales, mais le reste vraiment ne compte pas.

HENRI *à Paulette.*

Tu vois, c'est exactement ce que je te disais. Tu peux croire Gautier.

PAULETTE

Oui, je veux bien, mais j'ai mon idée et toi reste tranquille jusqu'au moment où nous viendrons te chercher, Monsieur Gautier et moi. Tu ne sais pas et je ne t'en veux pas, nous te montrerons tout cela après que nous aurons choisi, sur la liste, l'endroit où nous irons.

HENRI

Ma petite Paulette, tu es folle! Que va juger de toi mon ami Gautier.

PAULETTE

Mais rien de mal; il se dit: voilà une petite femme qui a entendu parler d'un tas de choses drôles; son mari, qui est un homme trop sérieux et qui n'en connaît pas le moindre détail, va faire avec elle un amusant voyage de découvertes. et voilà!

HENRI

Voyons Paulette. (*A Gautier.*) Dis donc Gautier, dis-lui donc d'abandonner ces projets.

GAUTIER

Madame. Madame. ce que vous voulez faire ou voir. c'est bon pour des jeunes fous.

PAULETTE

Mais vous, Monsieur Gautier, vous les connaissez ces endroits.

GAUTIER

Oui, c'est entendu, je les connais; c'est pour cela que je vous dis de ne pas y aller.

PAULETTE

Quel mal y aura-t-il puisque j'irai avec mon mari. Tenez. il y a deux choses que je veux voir, dont j'ai si souvent entendu mon oncle. Gardinet. de Tours. parler avec des soupirs extasiés. Aller voir la boîte de Joséphine Baker et le Perroquet.

HENRI, *abasourdi.*

Joséphine Baker! le Perroquet!

PAULETTE

Oui, mon petit riri, tu verras cela; si tu es choqué au premier abord tu en conserveras après un souvenir semblable à celui de l'oncle Gardinet. (*Battant des mains.*) C'est cela, voulez-vous diner ensemble ce soir. et à nous la grande fête; nous y allons ce soir. C'est entendu, je fais mettre votre couvert; vous savez (*à Gautier*) à la fortune du pot!

(*Elle sort.*)

HENRI, GAUTIER

GAUTIER

Eh bien, Henri, maintenant que nous voilà seuls, explique moi ce qui se passe.

HENRI

Il y a, mon ami, que je suis très embêté!

GAUTIER

A propos de quoi, de cette sortie projetée?

HENRI

Oui! Tu as bien vu les signes que j'essayais de te faire.

GAUTIER

Oui, j'ai vu que le projet que faisait ta femme ne semblait pas te plaire; mais pourquoi diable sembles-tu y mettre une opposition aussi absolue. Au fond, je n'en vois guère la raison; aller à Montmartre n'a rien de fantastique, ou d'extraordinaire, ou de subversif.

HENRI

Oh, mon ami, à toi cela paraît bien simple. mais tu vas comprendre ma situation; aujourd'hui, je suis dans une impasse.

GAUTIER

Encore une fois pourquoi?

HENRI

Lorsque j'ai été présenté à ma fiancée, les amis qui m'introduisaient dans sa famille, avaient cru bon de raconter que j'étais un garçon unique, incomparable, un travailleur acharné, n'ayant jamais pris une heure de plaisir, enfin un vrai bénédictin.

GAUTIER

Le portrait était un peu grossi! Tu as voulu faire le malin, je vois cela d'ici! Tu as mordu trop fort dans la poire.

HENRI

Naturellement, cela ne semblait pas tirer à conséquence, j'ai laissé dire; je sentais que cela faisait bien; je me croyais changer d'existence et peu à peu j'ai pris l'attitude d'un homme austère, répudiant tout plaisir, ne vivant que pour mon travail.

GAUTIER

En un mot, tu as voulu te faire une tête de grand homme! Tu t'es coulé en bronze, revêtu d'une sévère redingote, tenant un livre à la main et attendant un piédestal élevé pour recevoir ton image dans une petite ville de province, en face du café du Commerce!

HENRI

Tu vas un peu fort, mais il est vrai, que j'ai laissé les choses s'établir très inexactement, j'ai été un imprévoyant!

GAUTIER

Oui, un imprévoyant de l'avenir et je comprends qu'il soit gênant maintenant de déboulonner ta statue devant ta femme.

HENRI

On ne peut pas penser à tout. Enfin, mets-toi à ma place devant elle.

GAUTIER

Je n'aurais pas osé te demander une pareille faveur, mais si tu me l'offres, j'accepte de grand cœur les yeux fermés, non..., non, les yeux grands ouverts.

HENRI

Bon, voilà que tu plaisantes! Enfin, conviens d'une chose; on me présente à une petite fille qui sort de sa pension, je ne pouvais pas tout de même lui raconter toute ma vie de garçon, toutes les fêtes que nous avons faites ensemble.

GAUTIER

Oui, ta vie de jeune homme souvent dérangé. Et tu t'imaginais que tout cela se perdrait dans la nuit des temps?

HENRI

Enfin, comment faire? Donne-moi un avis?

GAUTIER

Tu as vu, quand j'ai aperçu tes signes, j'ai essayé de couper court, mais j'ai bien peur de ne pas réussir. Quand une femme a quelque chose dans l'idée, crois-moi, il n'y a rien à faire!

HENRI

Si j'avais eu le temps de me retourner, j'aurais remis peu à peu les choses à leur place, mais sortir ainsi dès ce soir, penses un peu à ma situation si Paulette s'aperçoit que je suis un homme à double face. Penses aux conséquences que cela peut avoir pour le début de notre mariage!

GAUTIER

Oh, Henri. il ne faut pas non plus exagérer. Et puis, après tout, je connais un peu les femmes, n'est-ce pas? Eh bien, il y aurait peut-être un peu de grabuge, mais après tout, beau garçon comme tu es, ta femme ne serait-elle peut-être pas si fâchée de savoir que tu as eu des succès; c'est flatteur et une femme peut apprécier cela. Si ta femme apprend tes béguins, elle peut même songer, sans trop de déplaisir, qu'en t'attachant à elle, elle a été plus forte que les autres puisqu'elle t'a pris pour elle. Avec les femmes peut-on jamais savoir?

HENRI

Ah, mon ami, nous n'en sommes pas là! je le crains, mais que faire. Voudra-t-elle renoncer à ce caprice?

GAUTIER

Pour moi, il n'y a rien à faire maintenant pour éviter cette tournée réclamée. Faisons-là ce soir, puisqu'elle l'a décidée, mais aussi effacée que possible, et puis nous verrons ensuite. Ne t'alarme pas à l'avance, tout se passera bien; de ma part ne crains aucune allusion et au besoin mets tout sur mon dos!

HENRI

Merci, mon cher Gautier, tu es un bon ami! Ah, tout de même, cette idée de Paulette m'empoisonne.

(*Paulette entre.*)

PAULETTE

C'est entendu, vous restez Monsieur Gautier, nous allons causer de tout cela en dinant et ce soir nous nous retrouverons pour sortir ensemble tous les trois. (*A Henri.*) Dis donc, Henri, ne fais donc pas une tête comme cela; Monsieur Gautier dites-le lui donc. (*Elle embrasse Henri.*) Et je suis si contente! Car c'est moi qui vais apprendre à mon petit mari toute cette vie parisienne qu'il ignore encore à son âge, le pauvre chéri!

GAUTIER

Que la Providence vous guide vers les bons endroits, chère Madame.

PAULETTE

C'est vous qui serez notre Providence à nous deux. (*A Henri.*) Eh, dites donc l'homme sérieux qui n'êtes jamais sorti de votre cabinet de travail; vite un sourire et venez embrasser votre petite femme et la remercier d'organiser cette promenade aux « Enfers », mais à une condition, n'est-ce pas: je vous permettrai de regarder, mais je vous défends de toucher aux objets exposés. Allons, à table.

RIDEAU

ACTE DEUXIÈME

Le vestibule du Perroquet. Entrée sur la rue à gauche par une grande porte. A mi-hauteur, un écriteau « Vestiaire ». Au fond, un escalier montant au premier étage. Des plantes vertes sont placées sur les marches.

LE CHASSEUR *ouvre la porte.*

Entrez, Messieurs, le vestiaire est à droite, je vais prévenir le gérant.

(*Henri, Paulette et Gautier entrent.*)

GAUTIER

Vous voici, chère Madame, dans l'antre redouté! au célèbre « Perroquet ».

PAULETTE

Ah, c'est ici le « Perroquet ». Oh, écoutez donc. on entend le jazz. Alors vraiment ce sont de vrais nègres qui jouent?

GAUTIER

Oh, oui ! Ils sont endiablés. Il y a deux orchestres qui jouent sans arrêt.

PAULETTE

Oh ! que c'est amusant.

GAUTIER

C'est ici l'entrée, mais avant de monter dans la salle, il faut s'assurer qu'il y a de la place, sans quoi on dérange tout le monde, on se fait bousculer, attraper.

PAULETTE

Comment, on entre pas tout de suite ? (*A Henri, qui semble se tenir un peu écarté.*) Voyons, approche donc mon petit Henri ; tu vas voir, on va bien s'amuser et puisque tu ne connais pas cet endroit, c'est ton ami Gautier qui va t'y guider avec moi.

HENRI

Bien, bien. (*Il reste un peu embarrassé.*)

PAULETTE, *à Gautier.*

Ah ça, ce petit valet de pied qui nous a aidé à descendre du taxi, qui est-ce ?

GAUTIER

C'est le chasseur. C'est un type très débrouillard, c'est Benoît.

PAULETTE

Ah, qu'il est drôle avec sa petite veste rouge, votre Benoît.

(*Le chasseur revient et s'adresse à Henri.*)

LE CHASSEUR, *reconnaissant Henri.*

Tiens, mais c'est Monsieur Henri! Ah! bonjour, Monsieur Henri, j'ai prévenu le gérant, il va descendre pour vous indiquer des places. (*Il sort.*)

PAULETTE, *à Henri.*

Comment, il te connaît?

HENRI

Ah! je ne sais pas comment cela se fait; moi je ne le connais pas. Il a dit Monsieur Henri comme il aurait dit Monsieur Paul.

PAULETTE, *à Gautier.*

Voyons, vous l'avez entendu comme moi, Monsieur Gautier, il a bien dit bonjour Monsieur Henri.

GAUTIER, *avec une indifférence marquée.*

Ah, je n'ai pas remarqué Madame.

(*Arrive le gérant empressé.*)

LE GÉRANT

Bonjour Madame. (*Voyant Henri.*) Ah, bonjour Monsieur Henri. (*Paulette sursaute.*) Il y a bien longtemps qu'on n'a pas vu Monsieur Henri. (*Pau-*

lette se tourne vers Henri.) Monsieur Henri va bien; une minute, je fais préparer votre bonne table habituelle.

(Henri, gêné, esquisse un hochement de tête assez vague.)

PAULETTE

Comment, ce Monsieur te connaît aussi? Voyons qui est-ce?

HENRI, *embarrassé.*

Ah! oui, oui c'est, c'est? Comment donc s'appelle-t-il Gautier.

GAUTIER

Qui, le Gérant, c'est Dubreuil.

HENRI, *à Paulette.*

Tu vois Gautier sait son nom, c'est Dubreuil.

PAULETTE

Mais enfin, d'où te connaît-il pour t'appeler par ton nom.

HENRI, *avec embarras.*

Comment donc! Ah, oui, j'y suis; c'est un ancien garçon du cercle que mon oncle Alexis a dû faire entrer ici. Je crois bien que je l'ai connu autrefois au régiment. Oui, c'est cela, c'est Dubreuil.

PAULETTE

Eh bien, ris donc un peu, tu vois que je ne te

conduis pas dans des endroits perdus, puisque tu y retrouves en entrant des figures de connaissance.

LE GÉRANT, *revenant.*

Si ces Messieurs veulent bien monter, ils choisiront la table qui leur semblera préférable. Nous sommes plus que complets ce soir, mais pour vous, Monsieur Henri, je puis arranger deux tables. L'une un peu en arrière à droite en entrant, ou une autre au premier rang, mais il faut pour cela déranger quelques personnes. (*A Paulette.*) Si Madame veut danser, celle-là sera plus agréable.

PAULETTE, *vivement.*

Oh, oui, je veux bien voir et bien danser, il faut prendre la table la mieux placée. Tenez, Monsieur Gautier, montez donc avec Henri et choisissez bien. (*A Henri.*) Monsieur Gautier te conseillera bien; écoute son avis; allez vite, je vous attends ici.

(*Ils sortent avec le Gérant.*)

(*Entre un jeune homme, français, accompagnant un américain à lunettes avec deux grosses dames américaines d'un certain âge; colliers de perles, face à main.*)

MONSIEUR JOHNSON

Aoh! Mister Guide interpreter where do we are here. Où nous sommes ici? Le Couvent de Thélème?

LE GUIDE

Vous voulez dire l'Abbaye de Thélème? Non, Monsieur, c'est pour demain, ici c'est le célèbre Perroquet.

MONSIEUR JOHNSON, *aux dames.*

Oh! ici le célèbre Perroquet.

LES DAMES AMÉRICAINES

Oh! Perroquet! lovely place! Oh, dear very excinting.

MONSIEUR JOHNSON, *au guide.*

Est-ce que ici bon champagne?

LE GUIDE

Ici, c'est le meilleur champagne et les meilleures danses de Paris.

MONSIEUR JOHNSON

All right! J'aime beaucoup champagne Moa. Danses, c'est pour les Ladies.

LE GUIDE

Voulez-vous monter? J'ai les tickets pour la table.

(Il monte avec le guide, les deux dames restent en arrière pour se poudrer et aperçoivent Paulette.)

UNE AMÉRICAINE, *regardant Paulette avec sa face à main.*

Aoh! what a nice petit femme charmante.
(*Paulette, gênée, tourne la tête.*)

L'AMÉRICAINE

Vous. attendre peut-être quelqu'un pour souper? (*Paulette, même jeu.*) Vous, paraître triste; venez souper. venez boire champagne avec nous, voulez-vous? Peut-être vous dansez le soir à Perroquet? (*Paulette lui tourne dos.*) Oh! very funny, very funny; tournez-vous pas jolie Madame?

PAULETTE, *éclatant.*

Voulez-vous bien me laisser tranquille! Je n'ai pas besoin de vous. partez ou je vous griffe!

L'AMÉRICAINE

Oh! very nervous le petite française si charmante!

PAULETTE

Voyons, avez-vous fini?

L'AMÉRICAINE

Aoh! très drôle petit femme française, very funny, very funny.
(*Elles montent et Paulette reste seule.*)

(*Une jeune femme très maquillée arrive en même temps qu'une autre redescend.*)

VALENTINE, *la première femme.*

Ah, c'est toi Marthe? Oh! ma chère, il y a un monde fou ce soir là-haut.

MARTHE

Tu crois que je ne peux pas monter?

VALENTINE

Dame, vas si tu peux, mais si tu comptes t'asseoir, il faut trouver un type qui te réclame et il n'y en a pas beaucoup en dehors des étrangers.

MARTHE

Toujours les mêmes français; en somme beaucoup de purée; ils sont frappés comme les bouteilles de champagne à 200 francs.

VALENTINE

Les français sont rares. Cependant, je viens de voir le petit Gautier; devine avec qui ma chère?... Avec ton Henri, ton Henri Cordier, ma bonne Marthe.

MARTHE, *vivement.*

Comment, Henri est revenu? Il est là?

VALENTINE

Je le croyais perdu dans la légion des hommes mariés, d'après ce qu'on avait dit.

MARTHE, *avec une émotion marquée.*

Henri est là!

VALENTINE

Et il est là tout seul avec Gautier, et ils n'ont pas de poules avec eux. Alors qu'est-ce que cela signifie? Son mariage était donc de la blague?

MARTHE

Tiens, Valentine, d'entendre parler d'Henri, cela me donne tant d'émotion, car tu le sais bien, j'avais un vrai béguin pour lui. (*Paulette se retourne et regarde Marthe.*) Je l'aimais bien ce cher Henri; quel bon garçon, toujours franc et généreux, le plus chic type que j'aie jamais rencontré; j'étais toujours sa petite Marthe, je croyais que cela allait durer toujours et puis il s'est marié. Ah! tu te rappelles, Valentine, combien j'ai pleuré quand j'ai su qu'il allait se marier. (*Paulette regarde de nouveau Marthe.*)

VALENTINE

Oui, tu t'en es même rendue malade, mais je te l'avais bien dit, je savais qu'il te reviendrait.

MARTHE

Peux-tu parler ainsi? Il paraît qu'il est très heureux lui, mon pauvre Henri! Si je montais le voir?

VALENTINE

Penses-tu? Tu vas pas avoir une entrevue au milieu de tant de monde. Puisque le v'là r'trouvé, tu ne tarderas pas à le revoir.

(*Paulette, qui a tout entendu, se laisse tomber sur un canapé, et de rage, déchire son mouchoir.*)

MARTHE

Tiens, voilà une nouvelle petite qui semble avoir bien du chagrin. Comme elle est gentille la frangine. (*Elle s'approche de Paulette.*) Vous ne connaissez pas le Perroquet? Vous n'osez pas monter?

PAULETTE

Non.

MARTHE

Peut-on faire quelque chose pour vous Mademoiselle?

PAULETTE

Non merci. (*A Marthe.*) Merci Mademoiselle Marthe.

MARTHE

Vous savez mon nom.

PAULETTE

Je viens de l'entendre dire. (*Curieusement.*) Marthe comment?

MARTHE

Marthe Lirès. Et vous?

PAULETTE

Paulette tout court. Vous disiez que vous avez été malheureuse Mademoiselle. (*Tristement.*) Moi aussi je suis bien malheureuse en ce moment.

VALENTINE, *allant à Marthe.*

Allons Marthe, arrive donc, si on s'apitoyait sur tous ceux qui sont dans la mouise, on n'en finirait pas. Allons ouste, carapatte toi. On va au caveau, sûr qu'on rigolera plus qu'ici.

MARTHE, *à Paulette.*

Au revoir, Mademoiselle.
Bonne chance.

(*Elles sortent. Paulette arrange sa figure; elle est bouleversée, agitée, nerveuse; elle se tourne vers l'escalier d'où Gautier et Henri redescendent.*)

GAUTIER

Ah, Madame, ce n'est pas sans mal, nous avons la bonne table tout près de la danse. Il a fallu jouer des coudes avec des américains qui ne voulaient rien céder. Enfin, tout s'est arrangé; montons vite, on place notre table.

PAULETTE, *vivement à Henri.*

Alors, tu n'étais jamais venu ici? Tu ne connais personne?

HENRI, *embarrassé.*

Si, non, je vais te dire!... Montons, montons!

(*Ils montent et on entend des bruits de voix. Une claque retentit. Ils redescendent tous très agités.*)

HENRI

Qu'as-tu Paulette? Où vas-tu?

PAULETTE

Laissez-moi. Je pars, je rentre, je ne sais pas, je suis exaspérée.

GAUTIER

Que s'est-il donc passé, Madame.

PAULETTE

Oui, j'en ai assez. Comment, au moment où la porte s'ouvre, voici encore un maître d'hôtel qui s'avance vers Henri et qui lui dit: Enfin Monsieur Henri, vous voilà revenu, ce n'est pas trop tôt. Je n'ai pas voulu en entendre davantage.

HENRI

Voyons, Paulette, ma petite Paulette, calme toi, je te dirai, je t'expliquerai.

PAULETTE, *toujours furieuse.*

Non, assez! vous avez assez menti comme cela. J'en ai assez, c'est fini.

GAUTIER

Ah, Madame.

PAULETTE

Taisez-vous, Monsieur. Vous êtes son complice. je ne veux plus vous voir.

HENRI

Paulette, écoute-moi.

PAULETTE

Non! Non! Non! Ah, voilà le fameux chasseur. Chasseur, faites-moi avancer un taxi tout de suite.

HENRI

Je vais te ramener. (*Il lui prend les bras.*)

PAULETTE

Non, non, assez, assez. Laissez-moi, laissez-moi, je ne veux pas que vous me touchiez.

HENRI

Ah, Gautier, tu vois quelle histoire! quelle histoire!

(*Le chasseur qui a vu et entendu la scène, à*

Henri qui, décontenancé, s'appuie sur Gautier.)

LE CHASSEUR, *pendant que Paulette sort en se cachant la figure.*

Ah! Monsieur Henri, vrai elle est rien chameau votre poule de ce soir; fichez la donc en l'air, je ne serai pas embarrassé de vous en trouver une autre plus à la coule!

RIDEAU

ACTE TROISIÈME

Même décor qu'au premier acte.

Tout est éteint. les rideaux sont fermés. Henri encore en habit, la cravate défaite, est allongé sur le canapé. Il se retourne doucement et tout à coup se réveille et saute sur ses pieds. (Il allume.) *Il regarde sa montre*; comment, 10 h. 1/2! Ah! quel cauchemar! Toute la nuit j'ai attendu pour essayer de dire quelques mots à Paulette.

Il va à la porte d'entrée du salon et appelle doucement: Rose : Rose! *On entend Rose qui répond:* voilà, Monsieur.

HENRI

Madame ne vous a pas appelée pendant que j'étais assoupi?

ROSE

Non Monsieur; à plusieurs reprises j'ai voulu entrer ce matin dans le cabinet de toilette de Madame, comme je fais d'habitude, mais tout est fermé. Madame semble dormir.

HENRI

Il faut que vous tentiez de voir Madame. Elle a confiance en vous, que diable, vous l'avez presque élevée.

ROSE

Oui, Monsieur, mais qu'y a-t-il? J'espère que Madame n'est pas malade.

HENRI

Non, elle est revenue avant moi et de suite elle s'est renfermée dans son appartement à cause d'un simple malentendu; j'ai frappé doucement, j'ai imploré, j'ai menacé, rien, rien, rien... Il faut que vous entriez. Dites-lui que je suis sorti; elle ouvrira sa porte. Je vais revenir. Il faut absolument que je la voie. (*Il sort de la pièce et passe refaire sa toilette.*)

ROSE, *à la porte.*

Madame, je suis seule, si Madame peut ouvrir, je puis entrer habiller Madame.

(*Tout à coup la porte s'ouvre; Paulette paraît en robe de ville, chapeau, sac à main, prête à sortir.*)

ROSE

Comment, Madame est prête sans m'avoir appelée.

PAULETTE

Oui, je pars. Des évènements graves se sont produits, tu les apprendras plus tard. Donne-moi mon paletot tailleur, je n'ai ici que mon manteau rouge de soir, et j'allais t'appeler pour me le donner car je n'aurais pas pu sortir ainsi.

ROSE

Madame connaît mon dévouement. Madame peut me permettre de penser qu'il n'y a rien de bien grave dans ce qui se passe ici.

PAULETTE

Ma fille, il est toujours grave d'être trompée.

ROSE

Comment, Madame trompée? Ah! pour sûr que non, Monsieur aime tant Madame. C'est ce que nous disions tous à l'office. (*Lentement, en regardant Paulette.*) Et il est si bien, si beau, Monsieur; cela ne peut pas arriver.

PAULETTE

Eh bien! Rose, tout arrive.

ROSE

Si Madame avait vu Monsieur ce matin elle aurait pitié de lui.

PAULETTE

J'espère bien ne pas le voir.

ROSE

Oh! Madame, les hommes, vous savez, il faut leur pardonner.

PAULETTE

Peut-être certaines choses.. mais pas ce qui touche à la confiance.

ROSE

Madame sait tous les malheurs que j'ai eus et tout cela pour des mots malheureux. C'est pourquoi je me permets de dire à Madame qu'une explication peut quelquefois empêcher des choses irréparables.

PAULETTE

Ma brave Rose, je t'aime bien, tu le sais, mais vois-tu, il y a des choses que je ne puis accepter.

ROSE

Que Madame me pardonne, mais on peut quelquefois être prise de colère pour juger les choses.

Eh bien, pour bien y voir clair, il faut laisser tomber toute sa colère.

PAULETTE

Non, ma bonne Rose, j'ai passé toute la nuit à me raisonner, je pars, je pars, je pars.

(A ce moment la porte s'ouvre et Henri paraît. Rose sort.)

PAULETTE, *affectant d'être calme.*

Laissez-moi passer, je vous prie.

HENRI

Passer pour aller où Paulette?

PAULETTE

Il n'y a plus de Paulette.

HENRI

Comment, il n'y a plus de Paulette! *(Il se précipite pour la prendre dans ses bras. Elle se dérobe.)*

PAULETTE, *très calme d'apparence*

Je vous prie de me laisser passer.

HENRI

Ma chère Paulette, écoute-moi, tu ne peux pas prendre une pareille détermination sans me laisser au moins t'expliquer, te dire quelque chose.

PAULETTE

Quoi, vous laisser dire. Encore des mensonges. J'en ai trop.

HENRI

Paulette, j'ai eu des torts, je le reconnais, mais tu me comprendras.

PAULETTE

Vous m'avez menti, vous avez faussé le sentiment le plus délicat qu'une femme puisse avoir en l'homme qu'elle croyait aimer, cette confiance qui faisait battre son cœur à l'unisson du vôtre, et d'un seul coup j'ai senti s'écrouler tout l'édifice de bonheur que je m'étais construit avec trop de hâte.

HENRI

Ah! quelle fâcheuse idée tu as eue d'aller dans ces boîtes funestes.

PAULETTE

Non, n'accusez pas cette folie que j'avais exprimée. Elle n'a fait que hâter la découverte de ce manque de confiance qui m'a frappée si douloureusement et me conduit à briser mon existence.

HENRI

Ma Paulette, puisque je te dis que j'ai eu un tort extrême à ne pas t'avoir donné plus de détails sur mon existence avant notre union.

PAULETTE

Non, ce n'est pas cela que je vous reproche. Certes vous auriez dû, afin de vous faire connaître plus complètement laisser percer quelques allusions à votre passé de jeune homme et je suis assez avertie, comme toute jeune fille de notre époque, pour ne pas m'en être offusquée. Mais ce que je vous reproche, gravement, c'est d'avoir menti froidement et je dirai même bêtement, car vous auriez dû songer qu'un jour ou l'autre tout se saurait, que cette visite, hâtivement organisée, pouvait m'apprendre des choses qu'on m'a jetées hier au visage !

HENRI

Oui Paulette, j'ai été stupide et je me suis enferré bêtement dans ces dénégations que je te présentais, tenu par cette fausse honte que je déplore, crois le bien ! Mais il n'y a au fond de tout cela rien de sérieux, de grave.

PAULETTE

Ah ! cet infâme Perroquet !

HENRI

Où tu avais absolument voulu aller.

PAULETTE

Le Chasseur, le Gérant, le Maître d'hôtel disaient comme un refrain : « Ah, M. Henri, vous voilà donc revenu ! » Alors vous étiez vraiment de la maison vous y passiez sans doute tout votre temps et vous ne pensiez qu'à me dissimuler vos vices. Je comprends trop bien maintenant pourquoi vous ne vouliez pas m'y conduire. Ah, combien j'aurai préféré de la franchise de votre part en me disant la vérité.

HENRI

C'est ce que je voulais faire, ma chère Paulette, Gautier te le dira.

PAULETTE

Votre ami Gautier, je ne pourrai plus le revoir, il vous a aidé à me tromper. C'était votre camarade de fête ?

HENRI

Tu es injuste envers lui. Nous venions ici de temps en temps, nous pouvions y être connus ; mais cela ne veut rien dire d'autre qui puisse nous être reproché. Oui, c'est vrai, j'aurais dû te parler de ma vie de garçon, et intelligente, comme tu es, tu aurais compris que c'était le passé ; le passé bien effacé maintenant. J'ai eu le grand tort de rester pour toi figé dans cette physionomie d'homme qui ne rit jamais et l'occasion de jeter ce masque ne s'était pas présentée.

PAULETTE

Aujourd'hui, ils sont tous bien tombés les masques.

HENRI

Oui, c'est pour cela, ma chère petite Paulette, que je veux avoir avec toi cette explication qui dissipera tous ces soucis qui, brusquement, semblent t'avoir envahie pour des faits qui n'ont aucune importance. Voyons, ce n'est pas parce qu'un chasseur, un gérant, un maître d'hôtel m'ont reconnu dans ce lieu de plaisir que tu vas froidement briser notre amour. Ces gens en me reconnaissant, en manifestant leur plaisir de me revoir montraient simplement leur joie de retrouver un client pour profiter de ses générosités, mais rien de plus. Pourquoi m'en voudrais-tu? Ils attestaient des visites assez répétées, j'en conviens, mais rien de plus, avoue-le?

PAULETTE

Ah, ces gens vont bien se moquer de vous, avec votre chameau de poule, comme disait le chasseur en parlant de moi.

HENRI

Comment, il a eu le toupet de dire cela?

PAULETTE

Oui, vous étiez sans doute tellement stupéfait que vous n'avez même pas entendu l'offre qu'il vous faisait de vous trouver une autre poule plus à la coule! Moi j'ai entendu; oui, ils vont rire de vous d'être tombé dans mes griffes! Cela sera ma vengeance sur vous, mais, mais... il y a quelque chose de plus sérieux que vous me tenez bien caché!

HENRI

Mais quoi encore?

PAULETTE

Vous ne m'avez pas parlé de Mlle Marthe Lirès.

HENRI

Marthe Lirès?

PAULETTE

Oui, Marthe Lirès, votre petite Marthe; vous étiez son béguin, paraît-il, et elle a même beaucoup pleuré lorsqu'elle a appris votre mariage. Elle en a été très malheureuse.

HENRI

Que veut dire encore cette histoire? Des racontars?

PAULETTE

Non, pas des racontars! C'est Mlle Marthe Lirès qui me l'a dit elle-même.

HENRI

Tu as vu Marthe Lirès?

PAULETTE, *avec une tranquillité affectée.*

Hier soir, au Perroquet.

HENRI

Que veux-tu dire, Paulette ?

PAULETTE

Oui, hier soir, au Perroquet. Cela vous surprend ?

HENRI

Voyons, je ne comprends pas.

PAULETTE

Vous allez voir ; je sais tout et je comprends maintenant la raison pour laquelle vous ne teniez pas à me conduire au Perroquet ; celle-là est plus grave en effet que la rencontre du chasseur ou du gérant ! Alors Marthe Lirès était votre maîtresse ; vous l'avez quittée ; elle a eu un très grand chagrin, car elle avait une très vive affection pour vous.

HENRI

En voilà une histoire !

PAULETTE

Ne mentez donc plus, puisque c'est d'elle que je tiens ces détails.

HENRI

Marthe Lirès t'a dit cela?

PAULETTE

C'est la vérité. Avouez-le donc.

HENRI

Tout semble contre moi!

PAULETTE

On disait même autour d'elle qu'elle ne tarderait pas à vous revoir. Elle vous attend peut-être?

HENRI

Ah! on disait cela et tu ajoutais foi à ces propos? (*Un temps sans parler. Il semble réfléchir, puis comme s'il avait brusquement pris une décision et d'un ton sombre.*) Eh bien, Paulette, la situation est grave, il faut prendre un parti en effet; puisque tu veux partir, puisque rien ne peut changer ta décision, eh bien, pars donc! reprends ta liberté, moi je reprends la mienne...

PAULETTE, *avec un sentiment contenu de surprise*

Et vous retournerez rejoindre Mlle Marthe Lirès?

HENRI, *appuyant sur ses mots.*

Naturellement, puisque tu me rejettes dans ses bras.

PAULETTE, *affolée, pousse un cri de détresse.*

Henri! *(Elle tombe sur un fauteuil et se cache la figure.)*

HENRI, *la regarde longuement sans parler puis s'approchant doucement d'elle.*

Qu'as-tu donc Paulette?

PAULETTE, *avec éclat.*

Henri! Henri! je ne veux pas qu'une autre te reprenne!

HENRI, *l'enveloppe de ses bras*

Ma Paulette! ce cri que tu viens de pousser montre la sincérité de ton âme et je n'ai fait cette réponse que pour t'éprouver; tu viens de me donner, malgré toi, une preuve incontestable de ton amour. Je l'accepte avec une joie bien vive. Non, sois rassurée, je ne reverrai pas Marthe; il n'y a pas de place entre toi et ton Henri. C'est à mon tour maintenant de te faire ma confession et tu verras toi-même que je ne suis pas aussi coupable que tu le crois. Cela est vrai et j'aurais dû depuis longtemps te laisser deviner la vie que j'avais menée avant notre mariage. C'est là le seul reproche que tu puisses me faire et il ne porte pas puisqu'il a trait à une chose passée.

PAULETTE

Ah Henri! que je suis malheureuse!

HENRI

Pourquoi, ma chère Paulette? Allons, enlève ton manteau, viens t'asseoir à côté de moi, comme hier, comme avant-hier et laisse-moi t'expliquer. Oui, c'est vrai, Marthe Lirès était ma maîtresse.

PAULETTE

Et tu l'aimais vraiment.

HENRI

Elle avait une grande affection pour moi. Pourquoi lui en voudrais-tu puisque c'est bien fini.

PAULETTE

C'est la seule personne de tout ce monde d'hier soir pour laquelle je ne puis avoir de rancune parce qu'elle m'a parue sincère.

HENRI

Que veux-tu dire? A ton tour de m'expliquer, je ne comprends pas.

PAULETTE

Attends, Henri, tu vas comprendre. Oui, c'était au Perroquet, pendant que je vous attendais et ignorant qui j'étais elle parlait de toi avec une de ses camarades.

HENRI

Elle parlait de moi?

PAULETTE

Oui, elle avait beaucoup de chagrin et c'est pour cela que j'ai eu si peur tout à l'heure et que je me suis trahie vis-à-vis de toi, mais elle avait fait de toi un tableau en deux minutes qui m'avait émue et effrayée en même temps, et après tout c'est pour cela que je ne puis lui en vouloir.

HENRI

Oh ma Paulette! que puis-je te dire pour t'exprimer l'amour profond que j'ai pour toi! Que veux-tu, le passé est le passé et notre amour a de trop puissantes racines pour ne pas effacer tout ce qui a pu exister avant lui.

PAULETTE

Mais tu as su que ton abandon l'avait rendue malheureuse?

HENRI

Oui, je l'ai su et j'ai essayé d'atténuer son chagrin, mais comment pouvais-je résister au charme que j'avais ressenti dès que je t'ai vue, chère Paulette! Brusquement tu t'es emparée de tout mon être; plus rien n'a existé devant toi et c'est cette fierté d'avoir été choisi par toi qui m'a fait abandonner tout, maîtresse, amis, et m'avait empêché de songer à cette confession que je te fais aujourd'hui. Ah! Paulette! laisse-moi te prendre dans mes bras. Laisse-moi te répéter combien je t'aime! (*Il la fixe.*) Je ne vivrai que pour toi; tes caprices seront mes volontés; parle, je t'obéis.

PAULETTE

Pourquoi me regarder ainsi?

HENRI

Parce que je suis fou de toi ma Paulette!

PAULETTE

Oh Henri! est-ce bien vrai?

HENRI

Je te le jure.

PAULETTE

Eh bien oui, je puis te le dire, hier au soir j'avais douté de toi. Je me sentais cruellement trompée. Après cette abominable nuit la raison que j'avais perdue semble revenir un peu. Est-ce que tu m'aimes? Dis-le moi bien fort! Il faut que je le saches de toi.

HENRI

Oh Paulette! peux-tu vraiment en douter?

PAULETTE, *passant la main sur ses yeux.*

Est-ce donc un mauvais rêve que j'ai fait?

HENRI, *la prenant dans ses bras et l'embrassant.*

Viens dans mes bras! Tu es ma Paulette chérie! tu le sais bien!

PAULETTE, *souriante se laisse prendre dans ses bras*

Ne te trompe pas Henri! je ne suis pas ta petite Marthe.

HENRI

Vilaine, va! Pourquoi me dis tu cela en ce moment?

PAULETTE

Simplement pour te répéter les paroles de la pauvre Marthe. Elle disait à son amie, ne sachant pas que je l'écoutais: « Ah Henri! quel beau garçon, toujours franc et généreux, le plus chic type que j'ai jamais rencontré ». Ces paroles me sont restées dans la mémoire et tu vois que je ne suis pas jalouse puisque je te les redis.

HENRI

Pauvre Marthe, elle a dit cela? C'est en effet une brave fille qui mérite une situation meilleure que la sienne.

PAULETTE

Ces simples paroles m'ont touchée dans mon désarroi et cette nuit elles me sont bien souvent revenues à l'esprit. Elles m'ont paru sincères et m'ont réconfortée en songeant qu'elle aussi avait été malheureuse, la pauvre Marthe!

HENRI

C'est vrai, ma Paulette!

PAULETTE

Pauvre fille! Alors, tu n'y penses plus?

HENRI

Sois bien tranquille, il en sera d'elle comme de ces roses fanées qu'on retrouve dans un livre mais dont le parfum passé ne peut plus évoquer qu'un fugitif et lointain souvenir! Alors, tu ne m'en veux plus trop! (*Il l'enlève dans ses bras vers la chambre à coucher.*)

PAULETTE

Voyons Henri, que fais-tu? Où vas-tu?

HENRI

Dans notre chambre bleue; c'est un perroquet qui ramène à son perchoir sa jolie perruche égarée!

PAULETTE, *souriant.*

Méchant va! (*Un temps.*) Allons, brigand, il faut donc que tu sois toujours vainqueur!

HENRI

Ma Paulette, je t'adore!

RIDEAU

Imprimerie spéciale de la Librairie Théâtrale, Paris.

A LA MÊME LIBRAIRIE

PIÈCES EN UN ACTE

L'Anglais tel qu'on le parle, comédie........	6	2	5	»
Après nous, comédie....	3	1	4	»
Un arriviste, comédie....	4	2	5	»
Un beau mariage, comédie	2	2	4	»
Le Bonheur, comédie....	3	1	5	»
Bon petit ménage, comédie musicale..........	2	1	5	»
Ça porte bonheur! vaudeville en 2 actes........	5	3	7	»
Le Châle brodé, comédie.	1	1	5	»
La Chance du Mari, com.	4	1	5	»
Le Chauffeur, comédie..	5	1	5	»
Cher Maître, comédie....	2	5	4	»
Le Cœur a ses raisons, comédie	2	2	5	»
Consultation de 1 à 3, comédie	1	1	4	»
Les coteaux du Médoc, comédie	2	1	4	»
Le Cousin riche, comédie.	3	3	4	»
Le Cultivateur de Chicago, 2 actes..............	5	2	5	»
La Délaissée, comédie....	3	1	4	50
Depuis ce matin, comédie	2	4	5	»
Depuis six mois, comédie	2	2	5	»
Le Docteur Potentiel, comédie avec couplets..	1	1	5	»
Droit à la Mort, drame en 2 actes	2	2	6	»
Du sang sur l'Hermine, fant., 1 acte..........	4	1	4	»
Femme Indomptable, comédie en 1 acte........	4	2	5	»
Franches Lippées, comédie	3	3	4	»
Un Frère, comédie......	4	2	4	»
Hors la Famille, comédie	3	2	4	»
Hortensia la Tireuse de Cartes, comédie	2	2	5	»
Idée de Colette, comédie	2	2	4	»
Jeu de l'Amour et du Bazar, comédie........	1	2	4	»
Le Jeu de l'Humour et du Hazard, comédie........	3	1	5	»
Les Jeux de l'Amour et de la Conférence......	2	4	5	»
Je vais m'en aller, comédie	1	1	4	»
Le joli Rôle, comédie en vers à costumes........	2	1	4	»
Le Joueur d'Illusion, comédie à costumes	3	3	4	»
Lune Rousse, comédie....	3	2	4	»
Margot ferme la porte..	2	1	4	»
Un Mariage à Londres, comédie	3	3	4	»
La Ménagère apprivoisée, comédie	2	2	4	50
1807, comédie	4	3	4	»
Mirette a ses raisons, comédie	2	2	5	»
Nous allons passer une bonne soirée, comédie..	1	1	5	»
La Nuit du 12 au 13, drame en 1 acte..........	2	3	5	»
Monsieur Manican, comédie	3	1	5	»
Octave, comédie	4	1	4	»
Odette dépêche-toi, comédie	1	1	4	»
On dîne à sept heures, comédie	2	1	4	»
Les oreillons, comédie....	2	2	5	»
Le Parrain, c. 1 acte en vers	1	2	5	»
Par un jour de pluie, comédie	3	2	5	»
La Petite Bossue, comédie	4	2	5	»
Le Prétexte, comédie en deux actes..........	3	4	6	»
Le Professeur d'Energie, comédie..............	3	2	5	»
Rival pour rire, comédie.	2	1	5	»
Rosalie, comédie........	1	2	5	»
La Rose de Jéricho, comédie	2	3	5	»
Sabotage, drame........	2	2	5	»
Sous Louis XV, comédie en vers et à costumes.	1	1	5	»
Les Temps nouveaux, comédie	3	1	5	»
Le Trouble Cœur, comédie en deux actes....	3	3	6	»
Un an après, comédie..	1	1	5	»
Vitrail, pièce en un acte en vers	1	3	5	»
Yvette a de l'ordre, comédie	1	1	4	»

www.ingramcontent.com/pod-product-compliance
Ingram Content Group UK Ltd.
Pitfield, Milton Keynes, MK11 3LW, UK
UKHW022131260726
13993UKWH00003B/1366